Udgivet af www.skysite.dk/hyggestunden

Udgivet på Forlaget **Books on Demand GmbH,
København, Danmark
Produktion: Books on Demand GmbH, Norderstedt,
Tyskland**
Copyright © Forlaget BoD 2010
ISBN nummer: **9788771140835**
Copyright © Hyggestunden v/ Christina Aaboe 2010
Forsideillustration: Christina Aaboe
Bogen er sat med Times New Roman

Kære læser

Vi på hyggestunden håber, at du vil nyde denne lille underholdningsbog.

Husk, at du også kan gå ind på www.skysite.dk/hyggestunden

Her kan du tilmelde dig et månedligt abonnement på Hyggestunden. Et abonnement på Hyggestunden betyder, at du hver fredag vil modtage en e-mail fra Hyggestunden, der vil indeholde præcis det som bogen du sidder med i hånden: En novelle, en kryds & tværs, tegneserier og quizzes. En ny ugepakke, med nyt indhold, hver uge!

Det er billigere end du tror. Og det er let!
Og så behøver ikke gå til boghandleren for at få timer fyldt med hygge.
Du kan du gemme dine Hyggestunder uden at de fylder. Lige der på din harddisk på PC'en, hvor du kan hente dem frem og læse det igen, og igen, og igen….

Så kan det da vist ikke gøres lettere…

Men ellers kan du jo vente, og købe næste bladudgave af Hyggestunden.
På www.skysite.dk/hyggestunden
kan du læse, hvornår næste bladudgave er på gaden….

Den vej man går.
– En Oda-fortælling.

Martssolen skinnede ind af vinduerne. Oda sad ved det store spisebord, med kryds- og tværsen foran sig. På bordet stod tekanden og kruset lidt til den ene side, og ved den anden side, lå en cigaret og sendte sin grå røg i små dovne spiraler op mod loftet. Det var slet, slet ikke politisk korrekt, som man sagde nu om dage, med de cigaretter, men i sit eget hjem måtte hun vel gøre, hvad hun ville! Og datteren Julie havde på det nærmeste forbudt Oda at spise flere saltstænger. De var ellers billige og smagte godt, men Julie sagde, at hvis Oda faldt om med hjerteslag så kunne hun takke saltet på saltstængerne for den oplevelse. Oda havde brokket sig og mumlet og nægtet at tro på, hvad Julie sagde, i hvert fald over for Julie, men det var ikke til at komme uden om, at hun havde fået det bedre da hun opgav saltstængerne.

Overvægtig og storrygende. Gråhåret og klædt mere efter behagelighedskriteriet, end efter hvad der var smarteste damemode, lignede Oda langt fra det hun var, nemlig en yderst intelligent kvinde, som med årvågenhed og dygtighed havde bestridt hvervet som Centerleder for Røde Kors' asylafdeling ind til hun blev førtidspensioneret for fire år siden.

Oda løftede hovedet nu og da for at se på hunden, der hed Mambo ligesom den cubanske musik, når den bjæffede et par gange. Mambo sad ude i den lille have og så skiftevis på hønsene, der fornøjede gik og skrabede i sneen, og på fuglene, der frække fløj lige forbi dens snude, når de søgte ind over naboens hæk mod foderbrættet. Mambos ånde stod klare og hvide ud af dens mund for hvert bjæf. Oda kunne høre på hønsene, at de havde fået skrabet hul i sneen, der var smeltet så den nu kun var en tynd hinde på jorden, og de havde fundet ned til solsikkefrøene, som var blevet skjult for dem ved snefaldet, der satte ind for små fjorten dage siden.

Odas ene hånds fingre legede som sædvanligt med det halsmykke hun havde fået af sin mand for snart tredive år siden, da han kom hjem fra en af de første lange rejser han var på. Han var kaptajn i handelsflåden og havde sejlet over hele verden, men mest på Sydamerika, og halsmykket han havde købt til Oda, var udformet som en lille bi-kolibri i naturlig størrelse. Den var rar at røre ved og Oda gjorde det helt ubevidst, det var lidt som at have Torben i nærheden når hun holdt om den lille fugl. Torben havde været på langfart i alle årene de havde været gift så Oda havde lært at være alene, men når han kom hjem var det næsten som at blive nygift igen hver gang. Her til sommer havde de have været gift i fem og tredive år. De var blevet gift på Torbens otte og tyve års fødselsdag, Oda havde været to år yngre end han dengang, ja, det var hun jo da endnu ret beset.

Sært at tænke på, at hun nu var en og tres. Det føltes ikke sådan. Bortset fra problemerne med hoften. Operationen var gået godt nok, men den havde ikke været det mirakel som Oda havde håbet på, og som hun havde set ved flere af sine bekendte, og derfor kunne hun ikke vende tilbage til Røde Kors Centeret, men blev førtidspensioneret. Det var nok delvist fordi hun var blevet sendt for tidligt hjem fra sygehuset med det brud hun havde pådraget sig fordi hun var faldet der to dage efter operationen. Sygeplejerskerne havde ikke ville høre på, at Oda mente at der var noget galt, og de havde affærdiget hende med, at hun ikke skulle være pivset. At det var naturligt at det gjorde ondt efter en operation. Oda havde bidt tænderne sammen, hun havde aldrig i hele sit liv været pivset, det havde Julie, hendes datter også sagt meget bestemt til personalet på sygehuset, da hun var kommet på besøg dagen efter at Oda var kommet hjem fra sygehuset, og havde fundet Oda liggende i sengen ude af stand til at stå op. Mambo havde ikke fået mad og ikke været ude. Hønsene havde heller ikke fået mad, så Julie havde måttet fodre og tørre op og tage sig af alt det, inden hun havde kunnet tage sig af Oda. Men så var der også kommet skred i sagerne. Oda var blevet hentet af en ambulance og Julie var taget med, og det havde været sygeplejersker med meget røde ører, der havde været med ved stuegangen da lægen, der havde opereret Oda havde fortalt, at Oda havde flækket knoglen og at de blev nødt til at operere om igen.

Det havde været en af de gange hun havde ønsket at Torben førte et lidt mere almindeligt liv, men hun vidste at havet var hans liv, og de havde tit talt om at det ville blive svært for ham den dag han måtte gå i land for sidste gang. Men så havde de jo "Vi er alle tossede", en tredive fods sejlbåd som Torben elskede at sejle med. Oda nød en tur nu og da, men allermest når de lagde til i nye havne og kunne komme til at tale med folk. Det behøvede Torben ikke, han havde det fint med at være ude på havet, hvor der ingen mennesker var. Julie og hendes datter på elleve, Mette-Marie og Odas og Torbens søn Henrik og dennes kæreste nød også at komme med ud på bølgen blå. Især var Julie glad for at få sin far få sig selv i en god vind og så af sted derudad. Oda nægtede at sætte sine ben på dækket hvis vinden var mere end syv, otte sekundmeter, men Julie og Torben havde det bedst når vimplen på FAF-bygningen stod lodret ud og vindmåleren, anemometeret sagde Julie det hed, stod på mindst 12 sekundmeter.

Oda vippede med blyanten mellem fingrene, så lagde hun den fra sig et øjeblik og tog en tår te, men vrængede lidt på næsen. Uh, den var blevet kold. Føj. Hun tog blyanten igen. Det var irriterende, med den kryds og tværs! Hun var ellers god til dem, og så kunne der komme sådan et ord, der lige ville drille. Kvinde i bil, stod der… Kvinde i bil... Oda kikkede ud på Mambo, der nu lød lidt mere insisterende. De havde heller ikke været ude at gå endnu. I dag var det ellers vejr til et lidt længere tur, solen skinnede dejligt og næsten glimtede i luften i de frosne luftpartikler. Den skulle nok komme ud at gå lige om lidt, hun ville bare lige løse denne her… Oda havde lagt en voksdug i lyse farver over det mørke bord, og der hvor bordet var flækket engang fordi det havde stået fugtigt og siden var tørret forkert, havde hun lagt en par aviser så blyanten ikke hele tiden gik igennem bladet, hvis hun skrev hen over revnen.
   Kvinde i bil... Så pludselig var den der. ”Jamen, det er jo mig!” udbrød hun højt og klukkende. ’Oda i Skoda’, skrev hun i felterne nedad. Hun kikkede ud mod vejen, der stod den knaldrøde Skoda og ventede på at vejene skulle blive til at køre på igen. Oda var ikke den store chauffør, det skulle hun være den første til at erkende. Den næste, der ville erkende det var nok hendes kørerlærer, der havde haft hende oppe til prøve fem gange før det lykkedes, men han var død for længe siden så nu kunne han da ikke skræmme livet af flere køreelever… Oda grinede for sig selv. Så lagde hun resolut blyanten og skubbede stolen ud fra bordet. Mambo hørte lyden og drejede hovedet mod hende med et ryk. Så rejste den sig og løb hen til køkkendøren og begynde at pibe og bjæffe mens den forventningsfuld drejede rundt og rundt om sig selv.

"Jeg tror altså sommetider at du er tankelæser", mumlede Oda mens hun gik ud i køkkenet og tog hundeselen fra dens plads i kurven. Mambo dansede rundt om sig selv og Oda af glæde. Endelig skulle de af sted! I knapt to uger havde de kun lige været rundt om karreen med de syv villaer, men på en eller anden måde kunne den mærke, at Oda ville længere i dag. Hun stod med stokken over armen og hundens snor i den ene hånd, mens hun fumlede lidt med gigtkrogede fingre med den anden hånd for at få nøglen ind i låsen.

De var næsten kommet ud af døren da telefonen ringede. Oda så på Mambo og så så hun ind mod stuen hvor telefonen blev ved med sit ringeri. Hun sukkede.

"Mambo, du bliver nødt til at vente lidt endnu, jeg bliver nødt til at tage den, ellers vil jeg ikke kunne nyde turen. Så vil jeg bare spekulere på om nogen er kommet til skade i frostvejret".

Oda slap hundesnoren og stillede stokken op af et køkkenskab, så vendte hun sig og gik ind mod stuen igen. Mambo stod og så slukøret ud og kastede sig forskrækket til siden, da stokken gled hen ad skabslågen og faldt på gulvet med et mindre brag. Så satte den sig ned med et dybt suk og så efter Oda med store brune længselsfulde øjne.

Oda satte sig tungt i lænestolen ved siden af telefonen. Hun tog røret.

"Ja", svarede hun. Julie kommenterede det altid, 'sig mig, Oda…' hun kaldte aldrig sin mor for mor '…har du aldrig lært at svare ordentligt i en telefon?', men Oda var træt af at svare ordentligt i telefonen, der dagen lang kimede med den ene telefonsælger efter den anden. Dem, der kendte hende vidste jo nok, at hun ikke mente at være uhøflig, og de andre skyldte hun vel ingen ting.

"Mor!" Det var Henrik, han var fire og tredive, to år ældre end Julie, men han kalde stadig sin mor for mor.

"Hej min ven!" Oda smilede glad, hun elskede at høre fra begge sine børn, men med Henrik var det tit lidt som et nådesbevis når han ringede, for hvis kæresten var hjemme så ringede Henrik kun når han kørte hjem fra arbejde. De første par gange havde Oda siddet med hjertet i halsen når Henrik snakkede i telefon fra bilen, indtil Julie havde sagt at nu skulle hun lade være med at skabe sig. Henrik havde jo naturligvis en håndfri telefon i bilen, og hvis der skete udfald en gang imellem, så var det bare fordi forbindelsen til satellitten var dårlig.

”Mor! Nu skal du bare høre! Det er gået igennem! Vi har fået papirerne i dag. Langt om længe. Det bliver et barn fra Uruguay, hvad siger du så?”

”Åh, Henrik, hvor er det dog en glædelig nyhed! Tillykke min skat! Er Alex hjemme?”

”Ja, vi har åbnet brevet fra statsamtet sammen for en times tid siden og så åbnede vi champagneflasken bagefter!”

”Ved I noget om barnet?”

”Ja. Ja, det gør vi… Men mor, har du lyst til at vi kommer og besøger dig? I morgen? Så kan vi fortælle dig det hele der? Vi har nemlig tænkt os at tage ud og spise om lidt for at fejre det!”

”Hvem har tænkt sig at køre, hvis I har åbnet en champagneflaske?”

”Åh, mor! Du ved da, at hverken jeg eller Alex kører når vi har drukket! Vi har bestilt en taxa. Hov, den er der allerede! Er det i orden med i morgen?”

”Ja selvfølgelig! Jeg vil glæde mig, min ven! Hvad tid kommer I?”

”Omkring middagstid, hvis det er ok?”

”Jamen det lyder dejligt. Så ses vi der. Hej, hej”

Oda lagde røret på og sad et øjeblik og kikkede ud i luften med et smil om munden. Hvor var det dog en glædelig nyhed. Henrik havde sådan ønsket sig et barn i årevis, men af naturlige årsager kunne han og Alex jo ikke sådan selv producere et lille mirakel af den slags. Oda tænkte på de to mænd. Hun havde altid anet, at det var der det bar hen med Henrik. Hvis hun skulle være helt ærlig for sig selv, så kunne hun ikke helt forstå, at det kunne være sådan. Hun kunne ikke forestille sig selv i et ægteskab med en kvinde. Men hun accepterede at andre kunne føle anderledes end hun selv. Og siden Henrik havde mødt Alex for nogle år siden havde han været et stort lykkeligt energibundt. Det var noget underligt noget, kærlighed. Og Oda syntes ærlig talt også, at det var noget underligt noget at bo i et land, der nok tillod at homoseksuelle par adopterede, men ikke at de samme par blev gift. Nå, i det mindste kunne de da gøre det, der mindede om det, og attesten da Henrik og Alex havde indgået registreret partnerskab som det hed, hang i glas og ramme i deres soveværelse. Og nu skulle de to mænd altså endelig få ønsket om et barn opfyldt. Oda glædede sig på deres vegne, og hun glædede sig over at de ville komme og dele deres lykke med hende i morgen. Der var så mange gode ting at glæde sig over i verden. Hvor underligt, at mange mennesker brugte så meget af deres tid på at skabe love og forordninger, der tog glæden fra folk. Hvad fik de dog ud af det? Fra sin tid på asylcentret havde Oda måtte være vidne til mange tragiske skæbner. Både tragedier folk kom med og tragedier, der blev skabt i et rigt land for folk, der havde så stort behov for det som landet kunne give.

Mambo bjæffede ude fra køkkenet. Det var et kort bestemt utålmodigt bjæf, der betød, 'nu synes jeg ærlig talt at jeg har udvist utrolig stor tålmodighed! Skal vi så snart ud at gå den tur!'

Oda rejste sig og skar en grimasse. Den dumme hofte! Men hun kendte flere, der bare syntes at det var synd for dem, at det gjorde for ondt, og så blev de siddende i deres stol. Og vel var det synd for dem! Oda syntes også at det var synd for hende, men hun vidste, at det bare gjorde tingene værre hvis man ikke rørte sig. Hun måtte ud og røre sig, kroppen skulle bruges. Hun haltede ud i køkkenet.

"Nå, Mambo, skal vi så se at komme af sted da!" Hunden tilgav hende på stedet, at den var blevet sat i venteposition og dansede rundt af glæde som før telefonopringningen. Oda fik låst døren, og med stokken i den ene hånd og hundesnoren i den anden begav de sig ud i den kolde og sollysene eftermiddag.

Det var en vinterdag når den var allerbedst. Oda trak vejret dybt og mærkede, at det skar på en både rar og ubehagelig måde i næsen. Med al den snak om global opvarmning måtte det da være et lille plus i regnskabet, at temperaturen nu i fjorten dage havde været i minus. Oda var ikke helt sikker på, hvordan det hang sammen. Hun tænkte på at spørge Julie. Julie havde været en af journalisterne ved det store klimatopmøde i København da det blev afholdt, og havde ikke talt om andet end klima og drivhuse og kuldioxidudledning i en uendelighed. Oda var ved at få det som Julies datter, Mette-Marie, der klart havde udtalt, at det med klimasnakken var ligesom når en eller anden prøvede at få en til at læse en bog. Hvis man hørte for meget om det så gad man til sidst ikke beskæftige sig med det. Og desuden så virkede det så uoverskueligt alligevel. En masse dårlig samvittighed til almindelige mennesker, mens dem, der rent faktisk havde mulighed for at gøre noget ved tingene stredes i stedet. Og det hele hang vel sammen med penge i sidste ende. Penge og politisk magt. Sådan var mennesker jo.

Oda og Mambo krydsede vejen og bevægede sig op mod det nedlagte banelegeme oppe bag fortovet. De gik et stykke tid hvor den eneste lyd var klik-klakket fra Odas stok og Mambos pusten i selen. Oda så sig omkring, der var ingen ude at gå og det var ikke årstiden for banecykler, så kunne hun godt tage snoren af Mambos sele, og lade den løbe frit. Det trængte den til efter knapt fjorten dage uden at kunne løbe krudtet af sig, bortset fra små ture hjemme i haven. Mambo kikkede glad op på Oda, så susede den af sted. Oda ventede at se dens lille glade sorte ansigt komme frem fra rundingen ved banelegemet hurtigt. Hunden plejede aldrig at løbe ret langt væk ad gangen, den løb et stykke frem, vendte så om, som om den ville sikre sig, at hun stadig var der, og løb så af sted igen. Men denne gang kom den ikke tilbage. I stedet hørte hun med et at den begyndte at gø. Pokkers også. Så var der nok alligevel andre ude i det gode vejr. Det var der jo ikke noget at sige til, men som regel var hun den eneste, der brugte skinnerne her som udflugtssti.

Oda rundede svinget og rynkede panden. Mambo stod og gøede og det kunne hun ikke fortænke den i for det så også underligt ud. Der holdt en bil på skinnerne, en blåsort bil, men Oda kendte ikke meget til biltyper. Og døren i førersædet stod på klem, men det så ikke ud som om der var nogen i den. Mambo holdt inde et kort øjeblik for at få vejret igen så den kunne sætte ind med fornyet kraft i sin gøen, men det korte øjeblik var nok for Odas skarpe ører. Hun havde hørt en hjerteskærende lyd fra bilen. Barnegråd. Hun satte farten op og ænsede ikke smerten i hoften. Hvad var det dog der foregik?

Mambo kikkede på hende, da hun nåede hen til bilen som om den forventede ros, og hun klappede den fraværende før hun satte hænderne mod ruden så hun skærmede for sollyset og kikkede ind. Der på bagsædet i en barnestol sad et barn, ikke mere end en baby, og græd hjerteskærende….

Oda rettede sig op med et ryk og så sig vildt omkring. Så skubbede hun resolut til Mambo.

"Så Mambo! Ti stille! Ti stille sagde jeg!"

Hunden kikkede forvirret på Oda, sådan plejede hun ikke at tale til den, så den tav af bar forbavselse. Oda flåede bildøren op til bagsædet og kantede sig akavet ind mod babyen. Det lille pus hikstede udmattet. Oda spekulerede på, hvor længe barnet havde siddet der og grædt. Der var en umiskendelig lugt af baby i bilen, af en ble, der havde været fyldt længe. Oda fumlede med låsen på selen, og forbandede i sit indre sine gigtfingre, mens hun snakkede trøstende til barnet, der knapt nok ænsede hende, men fortsatte sin fortvivlede gråd. Så var selen løsnet og Oda fik hænderne om barnet og løftede det forsigtigt ud af bilen. Mambo kredsede interesseret rundt om hende og babyen, med næsen snusende som m den duftede til noget lækkert.

"Du er en tosset hund Mambo, kan du ikke lugte hvor det stinker? Hvem kan dog have efterladt dig her lille pus?" Hun trykkede barnet ind til sig og mærkede hvor det slappede af.

Hjælp! Hun måtte have hjælp. Julie havde krævet at Oda altid havde sin mobiltelefon med når hun gik nogle steder, og selv om Oda hadede alt, hvad der kunne nærme sig kontrol, så var der en vis fornuft i at en ældre dame, med dårlig hofte medbragte en telefon når hun gik lange ture alene med sin hund. Tit gik hun og Mambo jo ned til havet i både regn og blæst, og så var det ikke videre sandsynligt at de mødte folk, der kunne hjælpe, hvis Oda skulle falde. Oda lænede sig op ad bilen, så hun kunne slippe stokken. Barnet klemte hun ind til sig med den anden arm så godt hun kunne. Så famlede hun i sin frakkelomme efter mobiltelefonen. Bare hun nu havde husket at få den ladet op. Det skulle lige passe, at når man endelig havde brug for den så virkede den ikke. Men der var strøm på. De små streger, der viste strømmængden gik halvvejs op på displayet. Oda vippede med armen med babyen og mumlede beroligende, mens hun trykkede på tasterne. Heldigvis var nummeret til politiet let at huske, 114 som var det nye landsdækkende nummer. Hun ventede et øjeblik så lød der en stemme i højtaleren. Oda rømmede sig.

"Hallo. Mit navn er Oda Jensen… Jeg… Jeg var ude at gå tur med min hund, og har fundet en forladt bil med en baby i…"

Hun lyttede og svarede på de spørgsmål som personen på politistationen stillede hende.

"Ja.. Ja, jeg skal nok blive her.. Tror I at det varer længe?"

Hun nikkede som om de kunne se hende, og trykkede på afbryderknappen. Så så hun på babyen og derefter på Mambo. Babyen var begyndt at blive rigtig tung at holde på. Oda skubbede døren ved førersiden helt op, den stod stadig på klem som den var blevet efterladt.

"Nu håber jeg ikke, at jeg ødelægger alle mulige spor", sagde hun til Mambo, "men jeg skal altså sidde ned, jeg kan ikke holde til at stå op meget længere med babyen her".

Oda sank ned på sædet. Babyen var faldet i søvn. Det stakkels barn var vel totalt udmattet. Oda kaldte Mambo helt hen til sig, den var ved at miste interessen og var begyndt at snuse rundt lidt længere fra bilen.

"Mambo! Jeg må hellere få dig i snor inden politiet kommer.." Hun fik fat i remmen og fik sat den i Mambos sele. Så stak hun sin arm igennem remmens håndtag, så hun havde styr på hunden og samtidig kunne bruge sine arme til babyen

"Nu kunne jeg ærlig talt godt bruge en smøg!" sagde hun til sig selv. Men selv om hun havde cigaretpakken liggende i lommen, den veg aldrig langt fra hende, så var det jo ikke tiden og stedet til at ryge, når hun nu sad her, højst uventet med et lille barn i favnen.

Tiden gik, på mobiltelefonen kunne hun se minutterne skifte langsomt gennem nogle meget lange tyve minutter, så endelig hørte hun en bil stoppe op nede på vejen, og en mandsstemme kalde på hende

"Oda Jensen! Oda Jensen er De her?"

Oda nikkede igen som om de kunne se hende, hun var bange for at barnet ville vågne hvis hun hævede stemmen, men Mambo havde ikke de samme betænkeligheder, så den gav sig til at give hals og så kunne Oda jo lige så godt selv give sig til kende også.

"Jeg er her!" kaldte hun og følte sig lidt idiotisk, det var mildest talt ikke nogen effektiv stedtilkendegivelse, men politimændene hørte hende og Mambo og dukkede op et øjeblik efter. Oda sukkede lettet. Der var to betjente. De så begge overraskede ud over at se bilen stå der midt på togskinnerne så langt fra vejen og de kikkede sig søgende omkring, som om løsningen på dette mysterium kunne tænkes at ligge lige for. Oda rakte babyen op mod den ene af mændene, og lod sig hjælpe forsigtigt op fra førersædet og ud af bilen af den anden. Mambo skabte sig igen så Oda rykkede hårdt i dens sele.

"Så! Ti stille, hund!"

Den ene betjent spurgte: "Der har ikke vist sig nogen, mens du har siddet her og ventet?"

Oda rystede på hovedet "Nej. Og jeg tror ikke, at der er nogen lige i nærheden, for så ville Mambo, min hund her, havde sagt til og det har den ikke gjort".

Betjenten nikkede. Så fik han fat i en radio og kaldte efter forstærkning over den. Den anden betjent, ham der stod med babyen bøjede sig frem og kikkede ind i bilen. Han rynkede på næsen, "hvor længe mon barnet har ligget alene her?"

Oda rystede på hovedet. "Jeg ved det ikke. Jeg har ikke været denne vej de sidste fjorten dage, men det er meget koldt i dag og barnet er stadig..."

Oda gik i stå. Det var først nu hun kom i tanke om, at den åbne bildør havde sendt kulde ind i bilen. Hvis ikke hun og Mambo var kommet forbi på dette tidspunkt.. Der skulle ikke være gået meget længere tid før kulden var trængt igennem den lilles tøj og havde fået barnet til at forstumme... Det gøs i Oda. Hvilke omstændigheder skulle der dog til før nogen forlod en baby i den kulde, i en bil med åben dør? Her, hvor der med stor sandsynlighed ikke ville komme folk i lang tid? Oda ville nødig møde den eller dem, der kunne få sig selv til sådan en handling.

Betjenten nikkede som om han havde fulgt Odas tankespor så sagde han: "vi vil jo genre snakke lidt mere med dig om det her. Optage rapport som vi siger.."

Oda nikkede "Selvfølgelig. Men… Jeg ville gerne hjem med Mambo her.."

Betjenten nikkede også. "Hvis vi får din adresse kan vi komme senere og snakke med dig." Han trak en lille blok frem fra en lomme og Oda gav ham både adresse og telefonnummer. Så kikkede hun et øjeblik på babyen og rystede på hovedet, og kaldte så på Mambo.

"Kom hundevovse, så skal vi hjemad. Vi har vist oplevet nok for i dag!"

Mambo hoppede glad omkring så fik den øje på nogle flere betjente, der dukkede op rundt om hjørnet og begyndte at gø igen. Oda hev i remmen et par gange, men nu ville Mambo ikke finde sig i at blive tysset på mere, så Oda måtte bruge alle sine kræfter på at holde sig selv på benene godt støttet at stokken mens hun trak Mambo med sig. Væk fra bilen og den lille bange baby.

Sveden haglede af Oda da hun nåede hjem. Ned af ansigtet. Under trøjen. I knæhaser, ned af rygraden. Alle steder. Hun følte sig klam og ulækker, og fik med besvær selen af Mambo, fik låst køkkendøren op og sank udmattet sammen i kurvestolen, der stod ved køkkenbordet. Hun var så tørstig, at tungen næsten klistrede fast i hendes mund, sådan fik hun det altid når hun blev nervøs eller bange, og hun greb begærligt ud efter den sodavand hun havde ladet halvdelen stå af aftenen før. Den var blevet doven i smagen, men den læskede og det var det vigtigste.

Oda sad i kurvestolen længe. Mambo løb frem og tilbage mellem haven og hende, som om den ikke rigtig kunne forstå, hvorfor hun bare sad der. Endelig fik hun sig taget sammen til at få sig rejst op, så hun kunne få fat i pilleglasset. Hun vidste af bitter erfaring, at hvis hun ikke fik taget nogle smertestillende piller oven på sådan en tur, så ville resten af aftenen blive et smertemareridt og det kunne hun ikke tillade sig nu, hvor hun vidste at der ville komme politi og snakke med hende. Hun puttede brusetabletterne i et glas halvt fyldt med vand og så dem bruse op. Så drak hun vandet og skar en grimasse, det smagte ikke godt, så meget var sikkert, men det hjalp. Og nu ville hun skynde sig at få tøjet af, og komme i et hurtigt brusebad, og bagefter ville hun synke sammen i lænestolen og vente på at pillerne skulle virke og chokket over begivenheden ville fortage sig.

Politiet var gået og Oda satte sig ved computerskærmen og trykkede sig ind på et spil kabale. Hun sad og spillede et par spil kabale, så åbnede hun sin mail. Der var kommet nogle beskeder. Oda åbnede en fra Julie.

"Hej Oda! Har du hørt fra Henrik? Jeg vil ikke skrive mere, for hvis du ikke har, skal han have lov til selv at fortælle dig nyheden! Jeg er i fuld gang med

nogle undersøgelser her i Belgien. Jeg kan ikke skrive så meget, så får jeg bare ballade med redaktionen derhjemme, men du ved nok hvad jeg tag af sted for. Det strækker sig over flere lande i Europa. Uhyggeligt at mennesker kan være sådan! Men jeg er hjemme igen i morgen og jeg tænkte at jeg ville komme forbi. Jeg ved at Henrik og Alex også kommer der. Mette-Marie kommer først hjem med toget fra København i morgen aften, hun skrev at hun gerne ville hjem og ikke havde lyst til at lege Askepotsøster mere denne gang. Han er ikke for klog, Mikael, men det svier jo mest til ham selv! Vi ses i morgen, hvis jeg ikke hører andet. Hej, hej fra Julie"

Det var helt utroligt, tænkte Oda, som tingene faldt sammen en gang imellem. I dag var der babyer alle vegne på den ene eller anden måde. Henrik og Alex havde fået lov til at adoptere. Mambo og hun selv havde fundet en baby på togskinnerne og Julie var i Belgien som journalist for at opsnuse noget om en international sag om handel med børn i Europa. Det var en afskyelig tanke. At stjæle børn for at sælge dem videre. Oda håbede, at de trods alt blev solgt til barnløse, der desperat ønskede sig børn, men af den ene eller anden grund ikke selv kunne få dem eller ikke kunne adoptere. Men hun vidste godt, at ikke alle børn var så heldige. Nogle blev solgt og fik ulykkelige skæbner som Oda slet ikke kunne holde ud at tænke på.

Oda trykkede på "svar"-knappen.

"Hej min skat", skrev hun. *"Det vil være dejligt, hvis du også kommer i morgen. Jeg har hørt fra Henrik, og det er meget glædeligt. Jeg har også en masse at fortælle, men jeg er så træt lige nu så jeg vil ikke skrive mere, hvis vi alligevel ses i morgen. Pas godt på dig selv. Knus fra Oda"*

Klokken var blevet fire hen på eftermiddagen efterhånden. Oda kikkede ud af vinduet, det var stadig lyst udenfor, nu hvor skyerne ikke dækkede himlen, som de havde gjort det de sidste fjorten dage i træk. Der havde det været næsten mørkt på det her tidspunkt. Oda følte sig sulten og gik ud i køkkenet for at skære sig et par stykker franskbrød med ost og lave en frisk kande te. Det kunne hun godt trænge til nu. Og en god bog. Og en cigaret. Så ville verden nok falde lidt til ro igen. Hun kikkede et øjeblik på skærmen og tænkte på at sende en mail til Torben, men hun var for træt lige nu, så hun slukkede for maskinen og rejste sig stivbenet. Pillerne hjalp godt nok, men trætheden kunne de ikke trække ud af knoglerne. Det gjorde heller ikke noget, hun følte at hun havde gjort en god gerning i dag, så var det en god træthed.

Telefonen i hendes jakkelomme gav lyd fra sig. Oda så sig omkring i køkkenet for at finde, hvor hun havde smidt jakken, da hun kom hjem. Hun trykkede på den grønne knap, der betød at man "tog røret" det var et pudsigt levn fra et anderledes samfund som stadig bestod i sproget. Man sagde også stadig, at nu faldt tiøren selv om tiører ikke havde eksisteret som gangbar mønt i umindelige tider. Og udtrykket selv var opstået dengang man havde de første mønttelefoner og telefondamen gav en tre minutter, når hun hørte tiøren falde ned i kassen.

"Hej Oda. Er du hjemme nu? Det er Darek"

Oda smilede stort. "Darek. Hvor er det dejligt at høre fra dig! Er du i Danmark?"

"Ja. Jeg kom i går, men der var stor familiekomsammen så jeg havde ikke mulighed for at ringe."

"Hvordan havde din farmor det?"

Manden i telefonen lo "Hun har det fint. Hun passer stadigvæk selv sin ko og sine høns"

"Hvor gammel er hun nu.. Hun må vel være... Er hun femogfirs?"

"Syvogfirs, Men hun er frisk og rørig. Der skal mere end alder, til at slå en polsk bondekone ud!"

Oda lo. "Ville du komme forbi? Jeg var lige ved at lave te og smøre et par ostemadder. Skal jeg smøre et par stykker til dig også?"

"Det lyder godt. Men har du lyst til at køre en lille tur først? Vi kan tage Mambo med?Jeg kørte forbi havet for lidt siden, og det er så smukt i den nedadgående sol og jeg tænkte, om du havde lyst til at se det. Så kan vi drikke te bagefter."

Oda skyndte sig at sige tak og trykkede på den røde afbryderknap med et stort smil. Nogle dage, tænkte hun… Nogle dage sker der bare alting. Og så kan der gå dage, hvor der intet sker af nogen art.

Hun tænkte på Darek. En ung polak, som havde været hendes taxachauffør et par gange når hun kom hjem med rutebilen efter at have besøgt Julie og Mette-Marie. Og de havde snakket godt sammen, og en dag havde han fortalt, at det var hans sidste tur den dag, og hun havde inviteret ham ind på en sodavand, og så var et pudsigt venskab opstået. Darek var polak, men var flyttet til landet da han var på Mette-Maries alder, elleve, med sin far, der havde giftet sig med en dansk kvinde. Oda elskede at høre om andre mennesker. Julie drillede hende med, at hun var nysgerrig, selv forsvarede Oda sig med, at det var interesse for sine medmennesker. Og det var i hvert fald rigtigt, at hun syntes det var spændende at høre om Darek. De havde haft mange gode timer sammen og Torben havde taget Darek med ud at sejle et par gange, og de havde også haft det rart.

Oda tog sin jakke og stak armene i ærmerne. Hun smilede til Mambo, der så på hende med en blanding af fryd og forvirring.

"Ja, din tossede hund, vi skal af sted igen. Hvad siger du så. Du kan da ikke klage over mangel på begivenheder i dag!" Oda tog hundeselen og fik med besvær sat den på hunden. Så fandt hun sig stok og nøglerne frem igen, og stod parat ved vejen da Darek kom. Han stod ud og hjalp hende ind i bilen, og bredte et tæppe ud på bagsædet så Mambo kunne sidde der uden at svine sædet til. Oda vendte sig halvt og kikkede på hunden.

"Er du sikker på, at din far synes det er i orden?"

Darek trak på skuldrene "Nej, det gør han sikkert ikke, men jeg rejser alligevel igen om et par uger, så jeg behøver ikke at høre på, at han brokker sig så længe."

"Hvor rejser du hen denne gang?"

"Til Japan. Jeg har en kusine der og vi har skrevet en del sammen. Jeg tænker, at hun er en sød pige og nu rejser jeg over for at se om der er mere i det end det. Men først tager jeg til Polen igen. Min farmor har fødselsdag, så den vil jeg lige med til først."

Oda følte et lille stik i hjertet. Hvorfor skulle de alle sammen altid rejse. Men hun sagde ikke noget. Darek havde ret til at rejse, han var en ung mand og måtte gøre som han havde lyst. Det var da godt, at der fandtes e-mail nu om dage, så var ingen helt så langt væk som de var tidligere.

"Det var en skam, at du ikke bliver længere, men nu vil jeg nyde vores tur her. Hvor skal vi hen?"

Darek satte bilen i gang "Ikke så langt, det er bare så smukt ud over havet. Hvad med at vi tager vejen ned til havet omme ved hullerne?"

"Hullerne" var nogle store udgravede reservoirer som sukkerfabrikken havde udgravet for mange år siden. Nu var fabrikken lukket, produktionen var flyttet et andet sted hen, og de store huller lå upåagtede hen. De var kæmpestore og meget dybe, mindst tyve meter dybe, hvis det kunne gøre det anslog Oda, og nok mindst halvtreds meter i diameter. Hvad fabrikken havde brugt hullerne til vidste Oda ikke, men nu hvor ingen måtte færdes på området, var det blevet et yndet sted for rådyr og småvildt. Og for Oda og Mambo, der færdedes der når Oda mente sig sikker på, at der ikke var nogen der så det. Hun vidste godt, at det var forbudt og farligt, men det var den nemmeste måde at komme til havet på og hun elskede havet.

Nu hvor de var i bil kunne de ikke komme den vej Oda sædvanligvis gik. Darek styrede uden om fabriksarealet og parkerede på en lille uanselig sandet parkeringsplads yderst ved den mennesketomme strandkant. Så steg han ud af bilen, lukkede Mambo ud og hjalp bagefter Oda ud af bilen. Oda stod og nød fornemmelsen af hav og sand og den lette vind i dagens sidste sol. Så stak hun sin arm ind under Dareks arm, og de begyndte at gå hen langs strandkanten. Mambo styrtede glad og fornøjet foran dem og kastede sig ud i vandet den ene gang efter den anden, mens den glad og overgivent gøede af nogle fornærmede måger eller hvad den ny syntes skulle have et bjæf med på vejen. Oda fortalte om sit eventyr den dag og Darek rystede på hovedet.

"Det er dog skrækkeligt. Men du oplever nu altid ting og sager Oda. Det gør du virkelig!"

Oda smilede, det var rigtig nok. Men hun havde altid sin fars ord i øret 'den, der har evnen kan opleve det store i det små', og det havde hun altid bestræbt sig på at efterleve. Men det behøvede ikke være ting som det hun havde oplevet i dag! Det var for forfærdeligt. Selv om det i første omgang var endt godt for babyen. Hun håbede bare, at aviserne eller fjernsynet ville komme med lidt oplysninger, så hun kunne få af vide om den lille baby, som havde vist sig at være en lille dreng, var kommet hjem til sine forældre igen.

Darek og Oda slog ind på en let skjult sti, der skrånede op mod reservoirerne. Mambo vendte om og fulgte efter dem. Oda kaldte på den. Her skulle den være i sele og det vidste den godt. Hun lod Darek lægge selen på hunden og tage fat i remmen, så hun selv kunne koncentrere sig om at bruge stokken op ad bakken. Der var en vidunderlig udsigt ud over havet oppe fra kanten af reservoirerne. De stod og så på solen, der for længst var sunket i havet, men som stadig formåede at oplyse verden omkring dem med et mat lys. Det ville ikke vare længe inden det blev mørkt, og de besluttede sig for at de hellere måtte vende om og finde tilbage til bilen.

Pludselig gav det et voldsomt sæt i Darek og Oda så bekymret, at han blev helt bleg i hovedet. Han pegede ned mod bunden af det reservoir de stod ved.

"Oda! Der ligger en person dernede. Kan du ikke se det?"

Oda bøjede sig forsigtigt frem og kneb øjnene sammen, men rystede på hovedet.

"Nej. Jeg er for nærsynet. Er du virkelig sikker?"

Darek nikkede intenst. "Helt sikker.. Tror du.." hans øjne afsøgte skiftevis den lodrette jordvæg i reservoiret og horisonten ind mod byen.

"..Tror du, at der er en sammenhæng mellem det du oplevede og så… hvem det end er der ligger der?"

Oda gispede. "Hvordan skulle det kunne lade sig gøre? Hvorfor skulle en eller anden smide en bil på togbanen, skjult for alt og alle. En bil med en baby i. Og så løbe herop? Det giver ikke mening. Er du sikker på at du ikke tager fejl? Kan det ikke være en plastiksæk eller sådan noget?"

Darek rystede nervøst på hovedet "Nej. Det er helt sikkert en person… Og jeg har ikke en telefon på mig for jeg ville have lidt fred for min familie et par timer…"

Oda lyste lidt op. "Men det har jeg!" hun greb triumferende ned i lommen på frakken. Så så hun på Derek. "Nej… Jeg må have lagt den fra mig hjemme efter at jeg havde snakket med dig…" Hun klappede sig på begge frakkelommer flere gange. "Det var dog skrækkeligt. Så må vi hele vejen tilbage til bilen for at få hjælp."

Darek nikkede fortvivlet. "Men så ender det bare med at det bliver for mørkt til at vi kan vise politiet hvor de skal lede… Og jeg vil ikke have, at du bliver her alene og du kan ikke selv gå til bilen."

Oda rystede på hovedet. Hun ville gerne være heroisk. Hun ville gerne hjælpe. Men det var sandt. Hendes ben kunne ikke bære hende alene tilbage til bilen. Hvor kunne hun også være så dum, at lægge telefonen i køkkenet når hun højtideligt havde lovet Julie altid at tage den med sig! Hun kikkede ned mod bunden dybt nede. Der stod vand i de huller. Og det var koldt. Uanset hvem der lå der ville ikke have godt af at ligge der ret længe. Og slet ikke natten over, det kunne enhver regne ud. Oda klappede igen på sine lommer, mere af afmagt og for at vise at hun dog gjorde et eller andet end bare at være hjælpeløs, end fordi hun troede at hun ville finde telefonen. Men så mærkede hun pludselig noget hårdt, ikke i sin jakkelomme, men i bukselommen. Og så huskede hun. Hun havde jo ikke haft jakken på hjemme i køkkenet da Darek ringede, så hun havde stoppet telefonen i bukselommen med tanke på at ville tage den op og lægge den over i jakken når hun havde fået givet Mambo snor på. Men så havde hun glemt det i glæden og forventningen over at Darek snart kom. Lettet skubbede hun jakken til side og trak telefonen frem fra lommen.

"Se her! Hvad siger du så! Jeg havde den alligevel!" Hun rakte den til Darek, der greb ud efter den og fik trykket det velkendte 114.

En halv time efter var Oda igen på vej hjem efter endnu et møde med politiet. Darek førte hende forsigtigt ned af den stejle skrænt, og havde også et fast greb i Mambos snor. Det var blevet næsten mørkt nu og sneen lå på jorden og lyste svagt, men gjorde det hele glat og smattet. Hunden syntes at det hele var skæg og ballade og ville absolut ikke med, men meget hellere blive og deltage i al aktiviteten oppe ved reservoirerne, men Oda havde bemærket udtrykket i betjentenes ansigter. De brød sig bestemt ikke om, at Oda og Darek havde befundet sig på området, men de havde pænt takket for oplysningerne, og lige så pænt bedt dem om at tage hjem med det samme. Politiet mindede Oda om, at de jo kendte hendes adresse, så hun skulle vente et nyt besøg inden alt for mange timer, og de så gerne at Darek også ville være der og vente på dem.

Oda følte sig helt mat i hver eneste celle. Hun længtes efter den kom te hun aldrig havde fået brygget færdig, men samtidig så fik hendes medfødte nysgerrighed hende til at ønske at hun kunne have været blevet på stedet og se hvad der skete.

Hjemme i sin stue igen sank Oda taknemmeligt ned i sin lænestol, mens Darek tilbød at sørge for te og ostemadder. Det havde sandelig været en begivenhedsrig dag. Hun smilede til Darek da han kom ind i stuen med bakken med tekopper, tekande og franskbrødsmadder. Darek satte sig i en stol på den anden side af bordet og fordelte kopper, skænkede op, bød af fadet og sørgede for mælk og sukker i sin egen kop. Så sad de der helt stille og kikkede på hinanden og rystede på hovedet.

"En gang imellem overgår livet fantasien!" sagde Oda.

De drak i tavshed. Så kørte en bil op foran huset og de store bogstaver "POLITI" lyste mod facaden. "Om ikke andet så sørger jeg da for, at naboerne også får lidt spænding. Det er nu anden gang i dag at en politibil stopper op ved huset og at jeg får besøg af nogle betjente. Jeg er sikker på at jeg bliver belejret af alle naboerne i morgen så de kan få af vide hvad der er sket"

Darek rejste sig og lukkede op for de to betjente. Det var de samme som havde været der kun nogle få timer tidligere.

"Ja, fru Jensen, så er vi her igen ser det ud til."

Oda nikkede "Vil I ikke godt bare kalde mig Oda, det andet lyder så stift. Det er jeg slet ikke vant til!"

"Betjentene nikkede og kikkede sig om i stuen. Oda bød dem et par stole de kunne sidde på og de takkede og sank ned på sæderne. Tydeligvis trætte. De havde også haft en lang dag og deres var ikke slut endnu..

"Lever han?" Oda så på betjentene, men for sit indre så hun det svage omrids af personen på skrænten lige over vandlinjen i reservoiret.

Betjentene nikkede. "Ja. Foreløbig. Men hans tilstand er meget kritisk. Han var stærkt forfrossen og lå halvvejs i vandet…"

Darek spurgte om de ville have en kop te med og Oda trak på smilebåndet da hun så den ene rynke på næsen af forslaget.

"Du må hellere gå ud og lave en kande kaffe, hvis du gider Darek? Jeg kan se at betjentene her har det lige som Torben. Han plejer at sige at te kun er noget man drikker hvis man er syg. Og så skal der være godt med rom i…"

Den ene betjent spurgte: "Torben?"

"Min mand", svarede Oda. "Men han er på langfart. I dette øjeblik er han sikkert på vej gennem Panamakanalen... "

Betjentene så de på Darek, der netop kom ind i stuen.

"Må vi have lov at spørge, om De er dansk?"

Darek kikkede på de to betjente så kikkede han på Oda.

"Nej. Jeg er ikke dansk. Ikke statsborger i hvert fald. Jeg er polak, men jeg har boet her siden jeg var tretten. Jeg er syv og tyve nu…"

Oda rynkede brynene. "Hvorfor spørger I ham om det?"

Betjentene så på en gang skyldbevidste og strenge ud. "Den person som I fandt.. Som vi fik trukket op af reservoiret her til aften, har papirer på sig der viser at han er fra Belgien.. Siger det Jer noget?"

Oda og Darek kikkede på hinanden og rystede på hovederne. Så lagde Oda hovedet på skrå. Belgien… Hvor havde hun hørt om det for ikke ret længe siden? Belgien. "Sagde I Belgien! Min datter er i Belgien! Hun er journalist og skriver om en international bande af babykidnappere… Tror I at ham her har noget at gøre med babyen jeg fandt tidligere i dag?"

Betjentene kikkede i deres notesbøger "Øh… Nu er det jo os, der gerne vil stille Jer et par spørgsmål…"

"Det forstår jeg nok", sagde Oda. "Men hvis der nu er en sammenhæng er det så ikke vigtigt, at I er opmærksomme på det fra starten?".

Den ene at betjentene nikkede næsten umærkeligt til den anden, der rejste sig op og gik ud til politibilen. Oda strakte hals og kunne se at han talte i mikrofonen på samtaleanlægget. De havde altså ikke set sammenhængen. Måske var de slet ikke klar over, at der var sådan en international bande. Det var jo bare lokale betjente, hvor skulle de vide fra, hvis de pludselig stod med en sag for Interpol eller hvad det nu hed, på halsen.

Betjenten rømmede sig. "Øhm, det er meget interessante oplysninger du kommer med der, Oda… Hvis I lige kunne forklare mig mere præcist, hvad I oplevede så vil vi lade Jer få lidt fred i aften og muligvis vende tilbage i morgen."

"Darek, tror du ikke kaffen er ved at være løbet igennem?" Oda så på Darek, der beredvilligt rejste sig og hentede endnu en bakke, denne gang med kaffekopper og kaffekande.

"Og så…" Sagde Oda "…Vil både Darek og jeg gerne fortælle alt, hvad vi ved. Men først synes jeg, at det er på sin plads at fortælle, at det var Darek der opdagede manden. Derfor synes jeg, at der er ret uhøfligt at antyde at han har noget med det at gøre!"

Betjenten rødmede svagt "Det forstår jeg godt... Oda... Og Darek, men det er jo nu en gang vores job..."

Darek hævede armen. "Det er i orden Oda. Du behøver ikke at tage mig i forsvar!" Han smilede til Oda, der på sin side smilede glad tilbage. Nu behøvede hun bare at vide, at babyen var tilbage hos sine forældre, så var varden for hendes vedkommende i fuld harmoni i aften. Men det var ikke sikkert hun ville få den besked så hurtigt desværre. Stakkels lille pus. Men han var da i live, den lille dreng. Og det var en god ting. Og der var gode nyheder for Henrik og Alex. Julie var på vej hjem. Og hun, Oda, og Darek havde reddet mindst et liv, måske endda to på en og samme dag. Og Darek var kommet på besøg. Nu manglede Oda bare at høre godt nyt fra Torben så var hendes lykke gjort. Ubevidst søgte hendes hånd den lille kolibri i kæden ved hendes hals. Nogen gange faldt verden bare i hak, og man syntes man havde gjort en forskel.

Nogle dage var verden et lykkeligt sted at være.

Kryds- og tværs

(Du skal have læst novellen for at kunne svare på en del af spørgsmålene)

48↓ ►	19↓	18↓	3↓ ▼		40↓ ▼	1.↓		2↓	35↓	103 46↓			↓◄105 104↓	111► ↓		6↓
			—		—					106 5↓			118 36↓			
			41			39										
▲29		17 50↓				47			98↓		102 101↓					
28			42 51↓			45										
30						57↓		34								
52				58 61↓				24↓	110 100↓			115↓	116↓	113↓		
43											114					
			59↓		49↓		99			38 15↓						
▲ ◄53		60 56↓					88↓				96↓	109↓	112↓	117↓		
4				14												OG ▼
55				89 82↓				25↓	97							
54			80↓	85 37↓			95 86↓					94↓	108↓			
11						87			84↓	16						
71↓ ►		81			31↓ ▼	26			27↓	107 7↓				92↓		
			10 12↓			—						33 91↓				
	32↓	68 70↓		72↓		73↓	83 74↓				90					
23											21 9↓					
69			76 63↓							20		93				
		67 65↓		66 64↓				22 78↓								
44						77			79							
62						13				8						

23

Spørgsmål til kryds- og tværsen:

1. Estimeret
2. Benzintypen
3. Kahlua
4. Lømmel
5. Bevæger
6. Bakterie, der smitter til kønsdelene
7. Kanaler
8. Frugt
9. "Den Hellige's" fornavn
10. Hvad forestiller Odas halssmykke?
11. Vejrfænomen
12. Ferskvandsfisk
13. Hvad hører Oda fra bilen?
14. Oda har to "helbredsproblemer", hun er:....
15. Helbredt
16. Hvad hedder Odas hund?
17. Nedlagt flyvestation mellem Næstved og Vordingborg
18. Forkortelse for astronomisk enhed
19. Den globale opvarmning skyldes, mener man..
20. Danmark
21. Spil
22. Hvad er Odas efternavn?
23. Hvad bruger Oda til at tilkalde hjælp?
24. Kikker
25. Oda har arbejdet som centerleder, hvor?
26. Spids genstand
27. Forbindelse
28. Frekvensområde, der bruges ved radiotelefoni
29. Spids
30. Hvor er Oda blevet opereret?
31. Møde
32. Hvilken måned foregår novellen i?
33. Rust
34. Hvilket land skal Odas søn adoptere fra?
35. To-stemmig
36. Hellig
37. Et af de syv emirater der udgør de Forenede Arabiske Emirater (FAE)
38. Duft
39. Hvilken slags stol står i Odas køkken?
40. Slemme
41. Olieselskab
42. Danmarks Naturfredningsforening
43. Hvad kan Oda godt lide at spise, som datteren fraråder?
44. Hvad hedder Odas mand?
45. Firma, der var førende inden for spillekonsoller i 1970'erne og 1980'erne
46. Sår
47. Varm drik
48. Kvinde i bil
49. Hvor er Darek oprindelig fra?
50. Amerikansk skuespiller og wrestler
51. Sprængstof
52. Perioden
53. Skaberånd / godt hoved / snilde
54. Kristendemokraterne
55. Den officielle valuta i EU
56. Spil
57. Sydsjællandsk by
58. Sig selv
59. National Solar Observatory
60. Karrigt
61. Bade-type
62. Nedbøren faldt
63. Primat
64. Besværgelse
65. "Tænd -" knappen på elektriske apparater
66. Bliv!
67. Egyptisk solgud
68. Anonyme Alkoholikere
69. Varemærke for bla mel
70. Igen
71. Vide
72. Lærerstuderendes landskreds
73. Gammelt dansk "ere"
74. Grevskab
75. Eventyrfigur
76. Moralen

77. Første tal i talrækken
78. Få fat i
79. Ujævn
80. Dobbeltkonsonant
81. Kornsort
82. Forvaltning af en teaterforestillings ydre rammer
83. Humanitær organisation, der arbejder for social og økonomisk udvikling i U-lande
84. Lofoten International Art Festival
85. Frels
86. Obligatorisk Selvvalgt Opgave for elever i 10. klasse
87. Røg
88. Eksisterer
89. Jordtype
90. Humørfyldt
91. Kommunernes Landsforening
92. Pigenavn
93. Forkortelse for den amerikanske stat Nebraska
94. Efternavn på berømt amerikansk bokser.
95. Opføre
96. Slet

97. Jordklode
98. Astronomisk enhed
99. Dobbeltkonsonant
100. Elektricitet
101. Fornavnet på den engelske forfatter, der har skrevet James Bond bøgerne
102. Navnet på slægtsgården i Borte Med Blæsten
103. Statens Uddannelsesstøtte
104. ”Er” på latin
105. Tidsmålere
106. 2. tone i dur-skalaen
107. Befandt sig
108. Har tilladelse til
109. Antal
110. Første tal i talrækken
111. Cupido
112. Fornavnet på den danske forfatter Mikael
113. Transcendental meditation
114. Dekade
115. 2010
116. Stille!
117. Nationalt topdomæne reserveret til Guam
118. Mand / kvinde

Og her får du så et par quizzer:...

Først den "Beige quiz":

Spørgsmål nummer..	Og spørgsmålet lyder:....	Hvis du har svaret er du...
1	Filmen er fra 1986 og er instrueret af Tony Scott	*Helt ud fænomenal!*
2	Filmen handler om en ung mand, der bliver optaget på en (særlig form for) eliteskole	*Temmelig fantastisk!*
3	Hovedpersonen er i dag på sit 3. ægteskab. I et meget set talkshow hopper hovedpersonen på pudsig måde op og ned i sofaen da han fortæller om sin forlovelse inden sit seneste ægteskab.	*Ret strålende*
4	I filmen har hovedpersonen tilnavnet "Maverick"	*Du kan bare det der!*
5	Hovedpersonens makker "Goose" dør og det påvirker hovedpersonen kraftigt	*Det er bare godt!*
6	I filmen forelsker hovedpersonen sig i sin instruktør og følelserne er gengældte, men forbudte så de må hemmeligholde deres forhold	*Du vil kunne klare dig ved de fleste middagsselskaber!*
7	De mandlige karakterer er meget macho-prægede. La kører hovedpersonen på en meget stor motorcykel, selv om han er en forholdsvis lille mand	*Det er sådan set OK!*
8	Hovedpersonen er meget dygtig til det, de laver, men han er ikke særlig autoritetstro, derimod tror han meget på sig selv og bryder en række regler	*Du skulle hjælpes ret kraftigt, men så kom det...*
9	Flere scener er filmet på USS Enterprise hangarskibet. For en scene hvor skiber skiftede kurs betalte instruktøren uden at blinke skibets kaptajn de 25000 dollars som det ville koste at få skibet til at ændre kurs igen.	*Jo.. Du har da hørt om det før!...*
10	Lysten hos amerikanske unge mænd til at følge "Maverick" steg med 500 procent efter filmen udkom	*Måske hvis spørgsmålene drejede sig om noget andet...*
11	I en konflikt ender rivalen "Iceman" med at blive Mavericks hjælper.	*Så ved du nok så mange andre ting!!...*
12	Januar 2010 modtog personen, der spiller hovedrollen, Living Legends prisen af Aviation Awards	*Ikke lige inde i stoffet...*
13	Prisen fik han fordi han "er en inspiration for de unge" og en god patriot	*Nå, ja. Man kan jo ikke vide alt...*
14	Det er en film, der handler om jagerfly	*Hmmm, tjae...*
15	Filmen vandt en Oscar for sangen "Take my breath away"	*Det er tydeligvis ikke et emne du har interesseret dig for....*
	Svaret finder du på side 29...	

Og så kommer her den "Blå quiz":

Spørgsmål nummer..	Og spørgsmålet lyder:….	Hvis du har svaret er du…
1	Begivenheden som denne handling fandt sted i, er ellers upolitisk, men baggrunden for handlingen er både politisk og religiøs	*Helt ud fænomenal!*
2	Selve stedet for handlingen var Tyskland, men havde intet med tyskland at gøre	*Temmelig fantastisk!*
3	Det var første gang ved denne form for sportsbegivenhed at dopingkontrol blev taget i brug og man fandt fem deltagere, der blev afsløret i doping	*Ret strålende*
4	En terrorgruppe, der kaldte sig "Sorte September" trænger ind på området, den 5. september 1972	*Du kan bare det der!*
5	15 mennesker blev dræbt ved handlingen, der strakte sig over lidt over et døgn	*Det er bare godt!*
6	Steven Spielberg har løseligt lavet en film over episoden i 2005	*Du vil kunne klare dig ved de fleste middagsselskaber!*
7	Det ironiske ved stedet var at det pågældende land havde gjort alt for at udviske minderne om en anden slem begivenhed under lignende forhold næsten 40 år tidligere	*Det er sådan set OK!*
8	Målet for voldsudøverne var at få frigivet 200 af deres landsmænd, men dette skete ikke.	*Du skulle hjælpes ret kraftigt, men så kom det…*
9	Drabene (bortset fra to som var sket forud) skete ved en selvudløsning af en håndgranat i en helikopter	*Jo.. Du har da hørt om det før!…*
10	Disse drab skete på trods af at der var lovet "frit lejde", men drabsmændene opdagede at der var sat snigskytter ind alligevel og dræbte derfor sig selv og deres gidsler	*Måske hvis spørgsmålene drejede sig om noget andet…*
11	Baggrunden for drabene, sagde gidseltagerne, var Israels besættelse af Palæstina	*Så ved du nok så mange andre ting!!…*
12	Planlæggeren af operationen lever endnu i dag (2010) og udtalte i forbindelse med premieren på Spielbergs film om sagen at han "fortryder intet", men "beklager mordene".	*Ikke lige inde i stoffet…*
13	Desværre kan man sige at de principper, der ligger til grund for aktionen stadig eksisterer i dag. Dette sås bla ved World Trade angrebet og angrebet på Londons undergrundsbane.	*Nå, ja. Man kan jo ikke vide alt…*
14	Stedet var München, Tyskland samt lufthavnen Fûrstenfedtbruck	*Hmmm, tjae…*
15	Efter et døgns mindepause valgte man at fortsætte sportsbegivenheden.	*Det er tydeligvis ikke et emne du har interesseret dig for….*
	Svaret, det finder du på side 29…..	

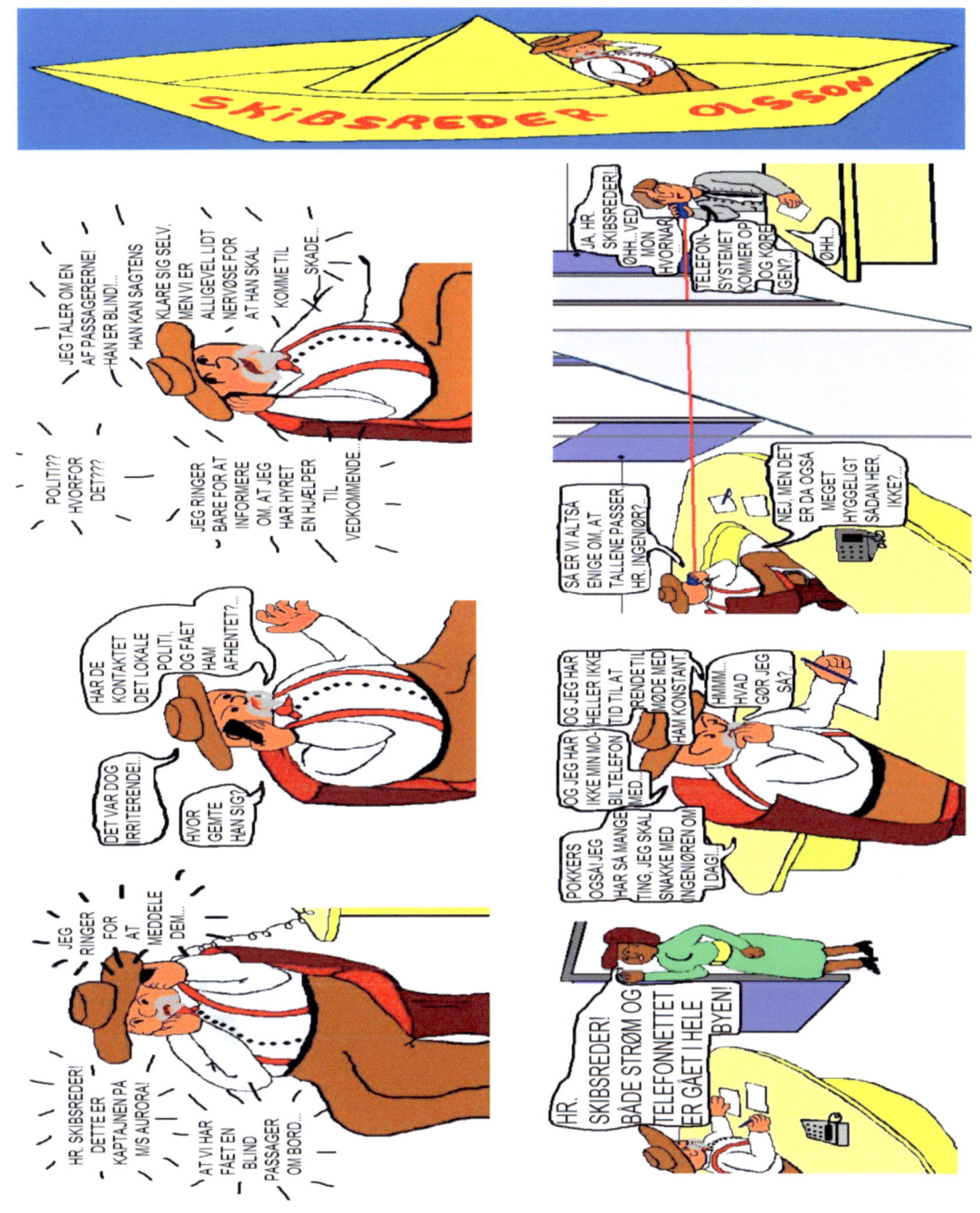

Løsninger.

Løsning til den "Beige quiz":

Filmens navn er Top Gun

Løsning til den "Blå quiz":

Gidseltagningen ved OL i München 1972

Løsningen til kryds- og tværsen finder du
på næste side.

48↓ ▶	19↓	18↓	3↓ ▼	(orange)	40↓ ▼	1.↓	(orange)	2↓	35↓	103 46↓	S	U	↓◀105 104↓	111▶ ↓	A	6↓
O	D	A	—	I	—	S	K	O	D	A	106 5↓	R	E	118 36↓	M	K
D	R	U	K	41	O	K	39	K	U	R	V	E	S	T	O	L
▲29	I	17 50↓	A	V	N	Ø	47	T	E	98↓	I	102 101↓	T	A	R	A
28	V	H	F	42 51↓	D	N	45	A	T	A	R	I	(orange)	B	(orange)	M
30	H	O	F	T	E	N	57↓	N	34	U	R	A	G	U	A	Y
52	U	G	E	58 61↓	E	N	E	24↓	110 100↓	E	N		115↓	116↓	113↓	D
43	S	A	L	T	S	T	Æ	N	G	E	R	114	Å	R	T	I
G	E	N	I	59↓	P	49↓	S	99	L	L	38 15↓	A	R	O	M	A
▲ ◀53	F	60 56↓	K	N	A	P	T	88↓	O	(orange)	L	96↓	109↓	112↓	117↓	(orange)
4	F	L	Ø	S	14	O	V	E	R	V	Æ	G	T	I	G	OG ▼
55	E	U	R	O	89 82↓	L	E	R	25↓	97	G	L	O	B	U	S
54	K	D	80↓	85 37↓	R	E	D	95 86↓	A	R	T	E	94↓	108↓	(orange)	T
11	T	O	R	D	E	N	87	O	S	84↓	16	M	A	M	B	O
71↓ ▶	E	81	R	U	G	31↓ ▼	26	S	Y	L	27↓	107 7↓	L	Å	92↓	R
A	N	E	10 12↓	B	I	—	K	O	L	I	B	R	I	33 91↓	I	R
(orange)	32↓	68 70↓	A	A	72↓	S	73↓	83 74↓	C	A	R	E	90	K	R	Y
23	M	O	B	I	L	T	E	L	E	F	O	N	21 9↓	L	E	G
69	A	M	O	76 63↓	L	Æ	R	E	N	(orange)	20	D	K	93	N	E
(orange)	R	67 65↓	R	A	66 64↓	V	E	N	T	22 78↓	J	E	N	S	E	N
44	T	O	R	B	E	N	(orange)	77	E	N	79	R	U	(orange)	(orange)	D
62	S	N	E	E	D	E	13	G	R	Å	D	8	D	R	U	E

31

Kære læser…
I dette nummer har vi på Hyggestunden bestemt os for, at du får en
"bonus"- novelle….
Læs her den rørende novelle: **"Hundedamen"…**

… Hun var gammel og meget tandløs. Og hun gik klædt i tynde sommerkjoler i
al slags vejr. Hvis det blev køligt i vejret trak hun et eller flere par lange, tykke
nylonstrømper på benene og en sweater over hovedet. så hun lidt fik formen
som en amerikansk fodbold på grund af mavebæltet, som hun altid havde
spændt om maven. Men de store klodsede herresko var de samme. Sommer og
vinter og årstiderne derimellem.

Den første tid efter, jeg var flyttet til byen, talte jeg og min store søn tit om
hende og de andre af byens mere iøjefaldende skikkelser. Der var ham, der
altid ventede på bussen med en dåseøl i hånden. Der var parret på
tandemcyklen, hvor manden, der sad foran så ud som om, det var ham, der
lavede alt arbejdet, men vi havde flere gange set kvinden, der sad bagerst gå, så
vi gættede på, at hun snød, når hun lod sig transportere. Og så var der
'Hundedamen'. Den gamle kvinde i sommerkjolerne. Vi kaldte hende
'Hundedamen', min søn og jeg. Vi så hende aldrig uden hendes hund. Det var
en stor stærk hund, et gadekryds mente min søn, han kender lidt til hunde, for
han har gennem årene tjent sine lommepenge som hundelufter der, hvor vi
kommer fra.
  Hun havde ofte bundet snoren rundt om hundens snude, og i starten var jeg
meget forarget over det. Vi snakkede meget om, om hun mon var sådan helt
rigtig oppe i hovedet, og om en eller anden burde melde hende til
myndighederne for dyrplageri. Men hunden så altid meget glad ud. Halen var
højt løftet, når de to kom gående i al slags vejr. Hun standsede altid op og lod
den snuse til det, den ville og alene det, gjorde mig noget mildere stemt over
for hende, for hvor ser man dog tit folk, der går tur med deres hunde, men hiver
og slider af sted med vovsen, så den slet ikke får lov til at få dækket sit behov

for at snuse. En hund ser jo med næsen. Min søn fandt noget om det på nettet en dag. Der stod at en hunds lugtesans er knapt en million gange bedre end et menneskes. Og det er vel at mærke, når hunden er mæt. En sulten hunds lugtesans er næsten tre gange bedre endnu. Jeg sagde til ham, Morten hedder han, at så var det godt nok synd for de hunde, der kom i nærheden af ham, når han kom hjem fra fodbold, for de strømper han trak af fødderne efter en træningsaften var slemme nok for min næse, og den er ikke specielt følsom.

Hundedamen kom alle vegne omkring byen. Jeg tænker, at hun har lagt et system hjemmefra: 'Mandag skal jeg afdække den indre bydel. Tirsdag tager jeg det nordlige distrikt', og så videre. I hvert fald havde jeg set hende alle vegne efterhånden, uanset om jeg var på vej det ene eller andet sted hen.

En dag var min søn cyklet af sted til fodboldtræning. Det var ved vintertide og selv om klokken kun var halv fem om eftermiddagen, så var det alligevel ret mørkt, som det nu kan være på den årstid. Og det var koldt og der lå et fint pudderlag af sne, der var faldet i nattens løb og ikke smeltet væk i løbet af dagen. Han havde ikke været væk ret længe, da min mobiltelefon ringede og det var ham.

"Mor. Jeg kørte lige forbi nede ved bækken, og der så jeg den der hund, du ved. Hundedamens hund. Men jeg kunne slet ikke se hende. Bare der ikke er sket noget"

"Nej, det håber jeg da heller ikke. Var det nede ved bækken, sagde du?"

"Ja. Men det var først, da jeg var kommet lidt længere, at jeg kom i tanke om, at det så underligt ud, og jeg er lidt sent på den i forvejen.."

"Det var fint du ringede, Morten. Jeg stikker lige i en frakke og løber hen og ser, om alt er, som det skal være"

Jeg fik frakken på og stak i et par sko og skyndte mig af sted. Der er ikke ret langt til bækken, herfra hvor vi bor, så det tog mig kun et par minutter at nå derhen. Men der var nu ingen hund. Jeg kravlede rundt på brinken og ind under broen. Jeg gik frem og tilbage langs bækken et godt stykke i begge retninger. Men der var ingen hund, og der var ingen hundedame. Jeg tænkte, at jeg ikke kunne gøre ret meget mere, så jeg gik hjem. Men så var det at jeg mødte Hundedamen et par dage efter, og rent impulsivt hoppede jeg af cyklen og fortalte hende, at min søn havde været så bekymret for hende, at jeg var løbet af sted for at sikre mig at hun ikke lå i bækken, eller var faldet eller andre slemme ting. Hundedamen smilede stort til mig med sin meget tandløse mund, hvor kun en enkelt tand kan anes et sted i den ene side. Og så fortalte hun løst og fast om den dag. En gang imellem kom hunden og stak sin snude ind i hendes hånd, og hendes øjne blev blide og glade, og hun småsnakkede til den, mens hun stak hånden i mavebæltet og fandt et stykke hundekiks frem og gav den. Sådan fandt jeg ud af, hvad mavebæltet var beregnet på, og jeg hørte også, hvad hunden hed: King. Men jeg fandt også ud af, at hendes ydre slet ikke svarede til hendes indre. Hun fortalte mig om sin tid som anlægsgartner og senere, hvordan hun var kommet til at arbejde for et af de store godser i Jylland og havde fået meget rosende omtale af hendes haveanlæg. Hun var blevet sammenlignet med de store franske anlægsgartnere ved de franske hoffer, og det var let at høre glæden og stoltheden i hendes stemme, når hun fortalte. Efter den dag stoppede jeg jævnligt op, og vi vekslede et par ord uden, at vi blev egentligt bekendte.

Så en dag var jeg oppe og handle og mødte et par, jeg var begyndt at lære at kende her i byen.

Hanne sagde: "Har du lagt mærke til, hvordan der er begyndt at flyde med dåser og flasker alle vegne efterhånden. Jeg synes det er utroligt, at folk ikke gider tage tingene med sig!"

"Næe... Det har jeg ikke rigtig lagt mærke til. Ikke så jeg har tænkt over det. Jeg har flere gange fundet flasker nede ved bækken, som om der dagligt sidder nogen dernede og får sig en øl eller to inden de tager hjem. Og jeg ved at der bliver kastet en masse dåser ud af biler, der kører forbi, for mange af dem havner i min garage!"

"Prøv at læg mærke til det! Det er virkelig markant, som de er begyndt at flyde alle vegne!"

Vi hilste af, og jeg tænkte ikke mere på det.

Så kom Morten hjem et par dage efter og var godt gal i hovedet. Han smed rygsækken, som han bruger til skoletaske på en af stolene i køkkenet og begyndte at rode i skuffer og skabe.

"Hvad er der dog i vejen? Hvorfor er du så muggen?"

"Det er møgirriterende mor! Den her by er bare ved at drukne i affald! Flasker og tomme dåser overalt! Og nu er min cykel punkteret fordi, jeg kørte over nogle glasskår fra en flaske. Ved du hvor lappegrejerne er? Jeg skal til træning lige om lidt!"

Jeg hjalp ham med at finde den lille æske, og surmulende gik han ud for at lappe hullet. Jeg fyldte vand i elkedlen til en kande te, men jeg blev ved med at tænke på det, som Hanne havde fortalt og på Mortens punkterede cykel. Jeg gik ind til telefonen i stuen og ringede en anden ny bekendt op. Hun hedder Lisette og bor i den anden ende af byen, og hun har gjort meget for at Morten og jeg skal føle os velkomne her i de nye omgivelser. Hun er lidt fascineret af, at vi har boet et par år i Norge, for hun har altid selv drømt om at rejse udenlands en periode.

"Lisette!"

Hun tog telefonen næsten med det samme. Vi lavede tit sjov med, om hun havde den opereret fast til øret, men det var jo rart nok, når man gerne ville snakke med hende.

"Hej Lisette! Det er mig. Cecilie! Hør her, det kan godt være det er et tosset spørgsmål, men har du lagt mærke til om der ligger flere dåser og flasker og flyder her i byen end der plejer?"

Jeg hørte hende slå en høj latter op i den anden ende

"Du spørger altså altid om det særeste Cecilie! Er det endnu et projekt du har gang i med dine stakkels elever?"

Jeg er skolelærer, og jeg kan godt lide at prøve at gøre min undervisning nærværende og relevant. Det er nu ikke altid eleverne opdager det, men jeg synes faktisk, jeg få ren god respons, og at de lærer en masse. Det er straks værre med forældrene. Der er stadig mange forældre, der tror, at det at gå i skole handler om at slå op i en bog og begynde i øverste venstre hjørne, men sådan er det jo slet ikke mere.

"Nej. De har nok om ørerne for tiden med at lave vindmøller og solceller. Jeg spørger fordi, Morten lige har fået sin cykel punkteret af nogle glasskår fra en flaske. Og jeg kommer i tanke om at Hanne, du ved sygeplejersken.. Jeg mødte hende den anden dag, da jeg var oppe at handle, og hun gjorde mig opmærksom på det."

"Hmm.. " Jeg kunne se Lisette for mig. Hvordan hun tænkte intenst, mens hun tog et sug af det plasticrør, hun forsøgte at erstatte sine elskede cigaretter med.

"Joe.. Nu du siger det. Jeg tænkte på, at der lå en ordentlig bunke under skraldespanden ved busstoppestedet ved tankstationen i går. Og også ved stoppestedet her næsten lige over for huset. Så det har du da nok ret i…"

"Lisette. Jeg bliver nødt til at smutte! Jeg er bange for, at der er noget galt med Hundedamen!"

"Hundedamen?" Jeg kunne høre hvor desorienteret Lisette lød, men jeg ville ringe til hende senere og forklare. Lige nu havde jeg en modbydelig følelse af, at det hastede. At der kunne være sket en tragedie, og at ingen havde lagt mærke til det. Jeg småløb ud i gangen og fandt min frakke og tog sko på. I det samme kom Morten ind af døren.

"Morten! Du bliver nødt til at droppe træningen i aften! Jeg tror, at der er sket noget med Hundedamen!"

Sagen var jo nemlig, at Hundedamen altid havde hundesnoren i den ene hånd og en pose i den anden. Og posen var til alle de flasker og dåser hun fandt. Morten og jeg havde snakket flere gange om, at det sikkert var et godt supplement til folkepensionen. Hvad hun så brugte pengene til. Det var jo i hvert fald ikke til hverken tøj eller tandlæge.

"Men… Hvorfor?" Morten så forvirret ud, og jeg fortalte ham om Hannes ord oppe i butikken og Lisettes i telefonen.

"Hvor længe siden er det, du har set Hundedamen og King?"

"Øh… Det ved jeg ikke. Længe, tror jeg.."

"Ja. Og det, og alle flaskerne og dåserne. Jeg er bange, for at der er noget galt. Du bliver nødt til at tage med mig derop. Hvis der er noget galt, må en af os tage sig af King, dig mener jeg, hvis jeg skal tage mig af Hundedamen. Pokkers også at jeg ikke ved, hvad hun hedder. Det virker så uhøfligt.."

"Det kan være, det står på hendes postkasse", sagde min kloge søn "Ved du overhovedet, hvor hun bor?"

"Ja. Det vil sige, det tror jeg. Hun fortalte en dag noget med Bakkevej og en grusbunke. Ellers må vi banke på nogle døre, til vi finder hende. Kom! Du blev færdig med din cykel, ikke?"

"Øh... Jo. Jo, den er lappet nu... Skal vi cykle?"

"Ja. Hvordan tror du ellers, vi skulle komme derop?"

Bakkevej levede op til sit navn, konstaterede jeg. Men der lå virkelig en stor bunke grus foran et hus, og jeg var ikke i tvivl om, at det var Hundedamens hus. Forhaven var fantastisk anlagt. Der voksede vin op ad huset, og små træer stod langs den lille indkørsel. Jeg tænkte på de fire små træer og den håndfuld stauder der udgjorde mine haveanstrengelser derhjemme, men jeg havde heller aldrig påstået, at jeg har grønne fingre.

Morten og jeg stod af vores cykler og gik hen til hoveddøren og bankede på. Jeg bemærkede dørskiltet. 'Anna Karlsen'. Jeg var glad for, at jeg så det. Det virkede mere personligt.

Der var ikke noget at høre først, men da jeg bankede igen, lidt hårdere hørte både Morten og jeg hundeglam. En svag gøen, der lød som om den kom fra det indre af huset. Vi så på hinanden et øjeblik. Der er noget i kulturen, der gør at det føles meget grænseoverskridende at begive sig ind i andre menneskers have uden at være blevet inviteret, selv når man er bekymret for beboerne. Men vi gjorde det nu alligevel, det var jo derfor, vi var kommet. Haven var en hel historie for sig, men vi stoppede nu ikke op for at beundre den, for hundens gøen var blevet højere. Hysterisk på en afkræftet måde, hvis man kan forestille sig det. Morten så på mig. "Det lyder underligt, mor," og jeg nikkede. Vi gik hen og lagde et par hænder mod ruderne for at skærme for lyset udefra, og det var et skrækkeligt syn, der mødte os.

På gulvet foran en gammen chaiselong lå Hundedamen, Anna. King sad ved siden af og hylede op, da den så os. Anna så ud som om, hun havde ligget der længe. Hendes sommerkjole var kravlet halvt op på de gamle ben, og der lå et smadret glas ikke langt fra hendes hånd. King havde ikke været luftet et stykke tid, det sås tydeligt på de små søer og hundeklatter, der var spredt i stuen og dens madskål og vandskål lå også derinde. Jeg havde selv haft hund engang, og når den mente, at jeg var for langsom med at give den mad eller vand, så kom den altid demonstrativt og smed skålen foran mig. Jeg forestillede mig at King hjælpeløst havde prøvet det samme med Anna. Men hun havde ikke været ved bevidsthed. Jeg var sikker på, at hun var død.

"Morten! Vi bliver nødt til at slå et vindue ind! Hvis jeg slår det i stykker, så kan du se, om du kan kravle ind og lukke mig ind af døren ude foran."

Morten nikkede bistert. Han var blevet lige så rystet ved synet derinde, som jeg selv var. Jeg så mig omkring og fandt en sten. Så tog jeg min jakke af og pakkede min hånd ind i den, så jeg ikke risikerede at få den skåret i stykker af glasskårene, og så hamrede jeg stenen med al kraft mod ruden. Det var en god termorude så jeg måtte lægge kræfter i et par gange før, den fik slået hul.

Stanken der kom inde fra stuen af var ubeskrivelig, men Morten hjalp indædt og tavst med hurtigt at få fjernet så meget glas, at han kunne kravle ind, efter at jeg havde viklet min frakke af hånden og lagt den over det ødelagte vindue.

Jeg var spændt på om King ville forsøge at forsvare Anna, så godt kendte den os jo ikke. Men Mortens hundetække slog ikke fejl, og små to minutter senere havde han fået mig lukket ind og var selv gået af sted med King, der sprang af sted lykkelig for at komme ud, mens den blev ved med at kikke sig tilbage for at se om ikke Anna dog kom ud til den.

Jeg for ind i stuen og hen til den gamle, livløse kvinde. Men ikke helt livløse. Der var en ganske, ganske svag puls. Jeg famlede i mine bukser og fandt min mobiltelefon frem og fik ringet 112. Så ringede jeg bagefter til Hanne.

"Hanne! Det er Cecilie…" Jeg fortalte hende, hvad Morten og jeg havde opdaget og bad hende komme med det samme. Hun er jo sygeplejerske, og jeg tænkte, at det var vigtigt at Anna fik den rette behandling fra starten. Hanne boede kun to minutters kørsel fra Bakkevej, så hun ankom meget forpustet og overtog professionelt Anna. Ikke længe efter hørte vi ambulancen, og Falk-redderne fik den gamle kvinde lagt på båren. Hun var stadig ikke kommet til bevidsthed, men de sagde, at hun så ud som en sej gammel kone, så der var grund til at være forsigtig optimistisk.

Jeg følte mig underlig lykkelig den dag, Morten og jeg endelig fik lov til at komme ind på den stue, hvor Anna lå. Hun havde fået farve i de solgarvede kinder og smilede glad og tandløs, da hun så os. Vi havde fået af vide, at hun havde ligget der på gulvet i næsten fem dage, og lægerne sagde, at vi havde reddet hendes liv.

Annas øjne spejdede rundt om os, og jeg forstod, at det var King, hun kikkede efter. Jeg gik hen til hendes seng og satte mig på en stol ved siden af den.

"Anna! Hvor er det godt, at se dig sådan! Jeg har en hilsen fra King! Morten har passet ham de sidste fjorten dage, og den glæder sig til, at du kommer hjem!"

Morten trak en stol frem ved den anden side af sengen og gav sig til at fortælle om alle Kings oplevelser i de dage, vi havde passet den. Annas smil blev bredere og gladere, efterhånden som han fortalte, og det var som om, hun rettede sig mere og mere.

En uge senere var Anna tilbage på vejene med King i snor ved sin side. Morten har foræret Anna sin gamle mobiltelefon og lært hende at sende sms'er, og hver dag hen under aften tikker der en lille hilsen fra Anna og King ind på hans skærm.

Og gaderne er igen rensede for flasker og dåser. Flasker og dåser som Anna spæder folkepensionen op med så der altid er råd til godbidder til King.